El Porfiriato

A mis abuelas, mujeres con
historias porfirianas.
PM

El Porfiriato
Paola Morán

Primera edición: Producciones Sin Sentido Común, 2019
Primera reimpresión: Nostra Ediciones, 2010
Primera edición: Nostra Ediciones, 2007

D.R. © 2019, Producciones Sin Sentido Común, S. A. de C. V.
Pleamares 54, colonia Las Águilas,
01710, Álvaro Obregón,
Ciudad de México

Textos © María Teresa Paola Morán Leyva
Ilustraciones © Jazmín Velasco

ISBN: 978-607-8469-73-4

Impreso en México

Prohibida su reproducción por cualquier medio
mecánico o electrónico sin la autorización escrita
del editor o titular de los derechos.

El Porfiriato

Paola Morán

Ilustraciones de Jotavé

NOS
TRA
EDICIONES

ESTADOS UNIDOS
Golfo de California
Océano Pacífico
3a
1a
Mapa de los
ESTADOS UNIDOS MEXICANOS
alrededor de 1910

NORTE
Golfo de México
1a

ÍNDICE

Introducción

Benito Juárez ocupó la presidencia de México de 1858 hasta 1872. Un año antes, en 1871, cuando había sido reelecto, el general Porfirio Díaz, quien tenía un carácter férreo, se levantó en armas para protestar con el lema de "no reelección", pues creía que era tiempo de que otra generación gobernara, ya que Juárez lo había hecho durante demasiado tiempo. Díaz fue derrotado, pero Juárez murió al poco tiempo, en julio de 1872. De acuerdo con la Constitución le correspondía asumir el poder al presidente de la Suprema Corte de Justicia, Sebastián Lerdo de Tejada.

Porfirio Díaz nació en la ciudad de Oaxaca el 15 de septiembre de 1830. Era un militar destacado que había combatido junto a Benito Juárez al imperio de Maximiliano. Los dos eran oaxaqueños y como Juárez, Díaz había estudiado en el Instituto de Ciencias y Artes, en donde lo conoció, cuando don Benito era gobernador del estado.

En 1876, al terminar su mandato presidencial, Lerdo de Tejada buscó reelegirse. Díaz volvió a protestar encabezando el plan de Tuxtepec con el mismo lema de no reelección. Al principio, su rebelión parecía condenada al fracaso, pero después de varias derrotas logró vencer a las fuerzas de Lerdo y subió al poder.

Aunque llegó a la presidencia con el lema de "no reelección", él mismo se reeligió siete veces. Su gobierno fue muy largo, duró de 1876 a 1911, con dos interrupciones: una de dos meses entre diciembre de 1876 y enero de 1877, cuando le dejó el poder a Juan N. Méndez para ir a combatir una rebelión en contra de su gobierno; y otra de 1880 a 1884 cuando gobernó su compadre Manuel González. A todo este periodo, de 35 años, se le conoce como Porfiriato.

Al inicio del mandato de Díaz, el pueblo mexicano estaba cansado del desorden y la guerra; tan sólo en el periodo de 1822 a 1867, México tuvo varios gobiernos militares, fue República federalista, centralista, padeció una guerra civil, y además fue presa de diversas invasiones extranjeras. De éstas, la más penosa fue la de 1848 en la que Estados Unidos se quedó con la mitad del territorio. Por esta razón, Díaz se propuso imponer la paz, a cualquier costo.

Además, el país no tenía dinero, ni se lo querían prestar en ningún lado, porque no había pagado sus deudas a tiempo. Una opción era atraer el capital extranjero, pero nadie invertiría si no había estabilidad y paz.

Con mano dura, Díaz trató de eliminar las diferencias de opiniones en asuntos de política y se dedicó a mejorar el funcionamiento del gobierno. Logró detener la guerra y mantener el orden, mediante el uso de la fuerza pública y la represión. Policías y soldados persiguieron lo mismo a criminales que a los opositores al régimen.

Con ese orden aumentaron las inversiones y los empresarios obtuvieron buenas ganancias; México tuvo un crecimiento económico nunca antes visto. Pero el dinero no se repartía para todos, es decir, no existía la distribución justa de la riqueza, pues como poca gente tenía dinero para invertir, el crecimiento sólo favoreció a unos cuantos mexicanos y extranjeros.

Esta gente con dinero pudo comprar extensiones enormes de tierra, lo que aumentó la tendencia a acumular terrenos en manos de unos pocos propietarios, promoviendo así la formación de los llamados latifundios. El resto del pueblo que se quedó sin tierra tuvo que emplearse como peones en las haciendas; allí había trabajo, pero estaba mal pagado y se daba en terribles condiciones.

A medida que el tiempo pasó, el descontento fue creciendo por la miseria en la que vivía la mayoría de la gente y porque, además, Díaz seguía en el poder. Cada vez fue más difícil mantener el orden. En los últimos años del Porfiriato se vivía un clima de represión; la fuerza de las armas se utilizó con violencia creciente y con mayor frecuencia.

Pero el régimen también tuvo otra cara. El hecho de que Díaz se mantuviera tanto tiempo en el poder con cierto orden y estabilidad, permitió la continuidad en la realización de obras importantes: se modernizaron los puertos, se crearon 20,000 kilómetros de líneas de ferrocarril, el correo y los telégrafos se extendieron por el territorio nacional, se instalaron los primeros teléfonos, se fundaron bancos y se organizaron las finanzas.

Se cuenta que las aguas negras —desecho de los baños y la cocina— se tiraban a la calle. Así que cuando se iba pasando por debajo de una ventana y se oía "aguas", uno debía correr porque era señal que venían las aguas con los desechos. En el Porfiriato esto se acabó cuando llegó el drenaje.

Además, existía una cierta obsesión por la modernidad. Para demostrar al mundo que México era una nación moderna y próspera, había que embellecer y presentar hacia fuera una buena imagen del país. El corazón de todo esto fueron las grandes capitales, en particular la ciudad de México.

Porfirio Díaz estableció el alumbrado público y logró culminar la obra de desagüe que no se había conseguido en los tres siglos de colonia. Al mismo tiempo, se crearon diversos paseos de recreo para las familias mexicanas, se embellecieron jardines y se fomentó el deporte.

> **"México tiene una clase media que antes no tenía. La clase media es el elemento activo de la sociedad. Los ricos están demasiado ocupados en sus riquezas y sus dignidades para ser útiles al mejoramiento general."**
>
> **Porfirio Díaz**

Durante el Porfiriato también se promovieron las profesiones liberales —médicos, abogados, maestros—, lo que trajo consigo el crecimiento de la clase media. Sin embargo, la cara de la desigualdad fue superior y el pueblo terminó por exigir una mayor participación política y social. La Revolución traería la esperanza de un México mejor.

Mucho se ha escrito sobre el Porfiriato y Porfirio Díaz, pero la "leyenda negra", la de la miseria, de la represión y desigualdad, sigue imperando en nuestra historia. Este libro no pretende juzgar al régimen ni sentenciarlo. Sólo intenta presentarlo de manera objetiva, poniendo en la mesa los matices de la historia.

El lema de Porfirio Díaz: "Paz, orden y progreso"

El primer objetivo planteado durante el Porfiriato fue la búsqueda de la paz. Para México, la mayor parte del siglo XIX habísido turbulento: rebeliones, levantamientos armados, guerras con el exterior, inseguridad en los caminos, bandolerismo. Esta situación había llevado al país a una terrible situación económica, y la sociedad estaba cansada de la inestabilidad política.

"El otro nombre que los porfirianos daban a su era es el mismo que, por años, utilizaron los historiadores para decir 'porfiriato', a saber: 'paz'. Claro, la historiografía del siglo xx lo pronunciaba en latín, *pax*, para darle un dejo de ironía romana, de paz impuesta, de paz falsa, pero con todo e ironía nadie duda que fueron años de orden, o al menos los años de más orden que México había vivido desde su independencia."

Maurico Tenorio y Aurora Gómez-Galvarriato, *El Porfiriato*.

"El hombre que, sacrificando la democracia, le pondría riendas al país para conducirlo por el camino no ensayado de la paz y el progreso material existía ya y ocupaba la silla presidencial. Se llamaba Porfirio Díaz".

Enrique Krauze, *Porfirio Díaz, Místico de la autoridad.*

El primer periodo de gobierno de Porfirio Díaz (1876-1880) estuvo orientado a lograr la pacificación a cualquier precio. Para establecerla, Díaz adoptó la fuerza y la represión como herramientas de terror. En principio, para acabar con los bandidos y los robos en las ciudades y caminos restituyó un cuerpo armado conocido como "los rurales". Ellos estaban encargados de garantizar el orden y la seguridad utilizando la violencia.

No sólo se les empleaba contra los malhechores, sino también contra los opositores al régimen. Años después, el propio Díaz describiría, frente al periodista estadounidense James Creelman, cómo había sido el supuesto —y en realidad atroz— proceso de paz:

> "Empezamos por castigar el robo con pena de muerte y esto de una manera tan severa, que momentos después de aprehenderse al ladrón, era ejecutado. Fuimos severos y en ocasiones hasta la crueldad, pero esa severidad era necesaria en aquellos tiempos para la existencia y progreso de la nación. Si hubo crueldad, los resultados la han justificado. Para evitar el derramamiento de torrentes de sangre, fue necesario derramarla un poco. La paz era necesaria, aun una paz forzosa, para que la nación tuviese tiempo para pensar y para trabajar. La sangre derramada era mala sangre, la que se salvó, buena".

El programa de "pacificación" reprimió también a grupos opositores que, en los primeros años de la administración de Díaz, todavía podían desestabilizar su gobierno. Tal fue el caso de un grupo partidista de Lerdo de Tejada que, en junio de 1879, fue sorprendido conspirando en contra del gobierno. De inmediato se le informó al Presidente que los conspiradores estaban detenidos y que las autoridades esperaban instrucciones. Según se cuenta, Porfirio Díaz envió un telegrama con una sola frase: "Mátalos en caliente". Y los lerdistas fueron fusilados.

Desigual y sangrienta fue también la campaña para someter a los rebeldes yaquis y mayos (grupos indígenas de la región de Sonora), que no pedían sino que les fueran devueltas sus tierras y que las autoridades impuestas por el Gobierno fueran retiradas. Sin embargo, el gobierno consideraba necesario expropiar esas tierras y otorgarlas a diversas empresas, como compañías mineras, de textiles o de ferrocarriles. Los yaquis y mayos desacataron las órdenes del gobierno, por lo que las autoridades decidieron forzarlos. El gobierno arremetió contra hombres, mujeres, ancianos y niños. Se utilizaron procedimientos crueles como el de someter en calidad de rehenes a las familias de los alzados, y en muchos casos los indios preferían arrojarse desde los grandes peñascos de la sierra antes que rendirse. Los prisioneros eran enviados a Yucatán y Quintana Roo a trabajar en las haciendas de henequén y los campos de chicle.

El 13 de junio de 1901, día de San Antonio —patrón de los pobres, mujeres estériles, viajeros, albañiles y panaderos, a quien los rebeldes asumieron como líder espiritual— , los principales jefes mayos se reunieron para celebrar al gran dios *Nhoch Yum* y pedirle que los ayudara en la batalla. Terminada la ceremonia se dedicaron a comer y beber *balché*, especie de cerveza obtenida de la corteza del árbol de mismo nombre. La bebida, de uso ritual, producía una embriaguez alucinante, situación que aprovechó el general de las fuerzas del gobierno, Ignacio Bravo, para atacarlos. Todos fueron llevados presos y se les formó Consejo de guerra. A unos se les fusiló y a otros se les envió a distintas partes de la República para "civilizarlos".

En otras ocasiones, en lugar de represión, se usaban otras estrategias. Por aquella época, don Porfirio le escribió a Carlos Pacheco, gobernador de Chihuahua, y antiguo participante de la rebelión de Tuxtepec, con la cual Díaz tomó el poder, una carta —rescatada por el historiador Paul Garner— donde dejaba clara su forma de gobernar:

"Me he impuesto la obligación que ya constituye esclavitud de ocuparme diariamente en hablar a los amigos y recomendarles juicio, prudencia, y calma, invocando para conseguirlo sus protestas de adhesión a mi persona y su patriotismo, a fin de que cese toda hostilidad y vengan a la reconciliación, único camino por el cual es posible la marcha fácil, expedita y buena que debe seguir el País."

Los periódicos de oposición al régimen censuraban y denunciaban las atrocidades: "Muchos mexicanos hemos sido testigos cómo a las altas horas de la noche llegan a la ciudad fuerzas del gobierno que conducen infelices indios, mujeres desarrapadas, niños famélicos, que dejan en los inmundos cuarteles para deportarlos al siguiente o siguientes días a Valle Nacional, o a cualquiera otras de las mortíferas regiones del sur de Veracruz y de Oaxaca, o bien en grupos numerosos encadenan a los indómitos indios deportándolos al territorio de Quintana Roo...".

Archivo Casasola,
Historia Gráfica de la Revolución.

Así, no siempre la represión fue el único método. En algunos casos la política llamada de pacificación utilizó la táctica del "convencimiento" o la conciliación. La intención de Díaz era que los juaristas de otros tiempos, los lerdistas resentidos, los conservadores de antaño y en general sus opositores, olvidaran sus diferencias, dejaran atrás sus resentimientos y recelos y todos se convirtieran en porfiristas.

Díaz no esperaba que estos grupos dejaran sus diferencias sólo por buena voluntad y por eso implementó la política conocida como "pan o palo". "Pan" quería decir que, como premio a su obediencia, se les daban diputaciones, senadurías, jefaturas políticas, cargos públicos y concesiones, y cuando los opositores eran militares de importancia, entonces les ofrecía la gubernatura de algún estado.

Sin embargo, para aquellos que, a pesar de todo, continuaban oponiéndose al gobierno, había "palo", es decir, cárcel, persecuciones y descrédito público. En pocos años, la mayor parte de los viejos opositores alababan al Presidente y se habían convertido en porfiristas.

La política de conciliación con la Iglesia era también fundamental para ganarse la voluntad de otros opositores, sobre todo de los viejos conservadores o gente que había apoyado al imperio de Maximiliano y que siempre vieron con recelo a los liberales. Durante su periodo presidencial (1872-1876), Lerdo de Tejada había desarrollado una política abiertamente anticlerical. Esto hizo que la Iglesia volviera a sentirse agraviada con el gobierno.

Aunque hacia 1880 el poder de la Iglesia había disminuido drásticamente, en particular después del triunfo de los liberales sobre los conservadores y el imperio, su influencia no era nada despreciable. Díaz sabía que para lograr una paz relativa era necesario tener a la Iglesia como aliada en lugar de enemiga, y la posibilidad de un entendimiento con ella por parte del gobierno se dio gracias a diversos y casuales hechos.
El primero fue la muerte de su esposa Delfina.

En abril de 1880, en un parto complicado, Delfina "dio a luz" una niña que murió a las horas de nacida y dejó a la madre al borde de la tumba. Como última voluntad, le pidió a Porfirio que se casara con ella por la Iglesia, lo cual no habían hecho en 1867, cuando su relación comenzó, pues ella era su sobrina. Delfina siempre consideró que había cometido un pecado y para no morir así, buscó el perdón mediante el matrimonio religioso.

El presidente Díaz habló con el arzobispo de México, Pelagio Antonio Labastida y Dávalos, para que autorizara la ceremonia, y éste aceptó con la condición de que Díaz renunciara a su pasado liberal y masón, a lo cual tenía que comprometerse por escrito. El arzobispo permitió el matrimonio y horas después falleció Delfina.

Tanto su retractación como su posterior matrimonio con Carmen Romero Rubio, hija de Manuel Romero Rubio —antiguo lerdista y jefe de una de las familias de más abolengo de México—, garantizó para Díaz una estrecha relación con la Iglesia —la cual se sujetó a sus intereses— y el éxito de su política de conciliación. De hecho, el propio Díaz se refería a ésta diciendo: "en política no tengo ni amores ni odios".

Uno de los casos más sonados en donde la Iglesia perdió su influencia y el control fue en Tomochic, un pequeño pueblo enclavado en la sierra de Chihuahua. Muy cerca de allí, en el rancho Santana nació una niña a la que le atribuían poderes: García Nona María Rebeca Chávez, después conocida como Teresa Urrea "La Santa de Cabora".

En 1888, Teresa se trasladó a Cabora para vivir con su padre. Dos años después, sufrió un ataque de catalepsia y estuvo inconsciente catorce días; cuando despertó del coma, los habitantes del pueblo creyeron que había resucitado. De allí en adelante, la gente comenzó a decir que Teresa hacía milagros y tenía el don de predecir el futuro. Además, también empezó a predicar que no había que reconocer ninguna autoridad más que la de Dios. Su fama se extendió por toda la región y llegó hasta Tomochic, donde los habitantes pusieron su fe en la divinidad de la Santa y corrieron al cura del pueblo.

En 1891, el gobierno intentó quitar sus tierras a los tomochis, pero éstos, creyendo que estaban protegidos por Dios y Teresa, dieron la batalla derrotando al ejército porfirista en varias ocasiones, aunque al final murieron masacrados. Aún ahora no se sabe cuánto costó la batalla, pero para matar a los poco más de cien hombres de Tomochic, el ejército tuvo que sacrificar a 600 soldados, 60 000 cartuchos y 100 granadas; ningún varón quedó vivo y únicamente sobrevivieron 43 mujeres y 71 niños. Teresa Urrea fue acusada de ser la instigadora, así que junto a su padre fue aprehendida y exiliada a Estados Unidos.

Aunque el establecimiento de la llamada paz se llevó más de sus primeros cuatro años de gobierno, cuando Díaz dejó la presidencia en 1880, existían ya las bases para la conciliación de los grupos. La sucesión presidencial recayó en manos de su compadre, Manuel González (quien años antes, en 1876, le había dado el triunfo definitivo contra las fuerzas de Lerdo de Tejada); esta imposición aseguraba la continuidad del proyecto porfirista, pero más que nada la garantía de que González le devolvería el poder, pasados los cuatro años.

Así Manuel González llegó a la presidencia en 1880. En materia de comunicaciones, inició la construcción a gran escala de las líneas de ferrocarril, lo cual favorecería el mercado interno porque facilitaba el transporte e intercambio de mercancías. En cuanto al aspecto económico, combatió algunos de los problemas más importantes, como el arreglo de la deuda inglesa, además de promover la fundación de un banco central, el Banco Nacional de México.

Si las medidas anteriores fertilizaron el terreno para el regreso y perpetuación de Porfirio Díaz en el poder, con el establecimiento de la "Ley mordaza" Manuel González hizo "casi" invencible a don Porfirio. Por medio de esta ley se controlaba y reprimía lo que se escribía en todos los periódicos, y en general en todos los medios escritos.

"Mi opinión, que amistosamente le emito, es que daría mejores resultados que algunos de los agraviados [periodistas] lo acusen, y aunque sean dos o tres meses de prisión la pena que les imponga, como esos escritores no se pueden callar durante su encierro, se les puede seguir acusando y anexándoles penas hasta endrogarlos en dos o tres años. La tarea es molesta y le llega a cansar a usted; pero también es seguro que no será antes que al procesado."

Porfirio Díaz

Paul Garner,
Porfirio Díaz. Del héroe al dictador. Una biografía política.

En 1884, Porfirio Díaz fue reelecto para la presidencia de la República; y para que a su compadre no le quedaran ganas de volver al poder en el siguiente periodo, organizó una amplia campaña de desprestigio donde se le acusó de corrupto, con lo cual lo eliminó de la política nacional.

La relación con el exterior

UNA VEZ QUE EL NUEVO RÉGIMEN GARANTIZÓ LA ESTABILIDAD POR MEDIO DE SUS POLÍTICAS Y DE LA REORGANIZACIÓN Y CONTROL DEL EJÉRCITO, EL PRESIDENTE ORIENTÓ SUS ESFUERZOS A OBTENER EL RECONOCIMIENTO INTERNACIONAL. PENSABA QUE TAMBIÉN ERA IMPORTANTE DEMOSTRAR AL EXTERIOR QUE EL PAÍS ENTRABA EN UNA ETAPA EN LA QUE LA NACIÓN PODÍA HACER FRENTE A SUS COMPROMISOS INTERNACIONALES, COMO EL PAGO DE LA DEUDA.

Otros países fueron reconociendo al gobierno de Díaz, España lo hizo en 1877 y Francia en 1880; Gran Bretaña en 1884.

El gobierno mexicano sentó así las bases de un nueva relación con Estados Unidos de Norteamérica, que condicionó su reconocimiento a la solución de los viejos problemas fronterizos: la deuda exterior de México, la definición y control de la zona libre de impuestos que México había establecido en la frontera para atraer colonos; el paso de ladrones de ganado a territorio mexicano y las tropas norteamericanas que los perseguían, y la migración de trabajadores mexicanos.

Tras 18 meses de gestiones, en abril de 1878, los Estados Unidos de Norteamérica, el "vecino del norte" reconoció al gobierno de Porfirio Díaz. Con la modificación de una serie de leyes, México se comprometió a pagar puntualmente la deuda externa y abrió sus puertas a la inversión extranjera, otorgando toda clase de facilidades a los empresarios estadounidenses.

Ante las negociaciones de Díaz, la respuesta del exterior no se hizo esperar: un flujo tremendo de capital y tecnología surgió de las concesiones que el gobierno mexicano otorgó a los inversionistas extranjeros (principalmente de Estados Unidos y Gran Bretaña) en forma de tasas de ganancias garantizadas, exenciones de impuestos y reformas fiscales benéficas para los inversionistas.

Estados Unidos compartía con México el interés por desarrollar vías de comunicación que facilitaran el comercio e hicieran más estrechos los vínculos económicos entre ambos países; por tal motivo, gran parte del capital invertido en México estuvo dirigido hacia la construcción de una amplia red ferroviaria, que uniera a las principales ciudades del país y, mediante conexiones, se extendiera más allá de la frontera norte hasta alcanzar importantes ciudades estadounidenses.

A pesar de la importancia del capital norteamericano, para el proyecto modernizador del gobierno mexicano, —dado que Estados Unidos siempre fue el primer inversionista y socio comercial de México—, Díaz nunca dejó de mostrarse receloso de su participación en las áreas estratégicas de la economía nacional. La política expansionista que los Estados Unidos habían sostenido años atrás, de la cual México había sido víctima, seguía presente en la memoria colectiva de la nación. Por ello, desde los inicios de su régimen, el Presidente fomentó también la participación de capitales europeos —para contrarrestar la influencia que pudieran tener los estadounidenses en los asuntos internos de México—, sobre todo de Gran Bretaña.

Un factor que favoreció las inversiones británicas fue la participación que los miembros del gobierno mexicano tuvieron en sus empresas (mineras, petroleras, ferrocarrileras y de servicios principalmente). La relación de altos funcionarios porfiristas con inversionistas ingleses —particularmente con Weetman Dikinson Pearson, presidente de la constructora ferroviaria *S. Pearson and Son*— fue muy estrecha y en la mayoría de los casos, las concesiones, supuestamente sometidas a concurso, se otorgaban favoreciendo los intereses británicos.

Sin embargo, el marcado favoritismo del gobierno de Díaz hacia el capital británico no fue suficiente para detener la expansión económica estadounidense sobre México. La posición geográfica de ese país y las presiones que por momentos ejercía sobre la administración porfirista dejaron a Gran Bretaña como el segundo socio comercial de México; el primero siempre fue Estados Unidos.

En 1878 las tribus de indios nómadas de Estados Unidos —sioux y comanches entre ellos— , que seguían enfrentándose con a las poblaciones fronterizas, fueron perseguidos y casi exterminados por el gobierno de ese país.

México mantuvo también importantes relaciones comerciales con otros países europeos. Con Inglaterra se firmó un tratado de límites en torno a Belice; con Francia, España y Alemania las relaciones comerciales se incrementaron. El lejano Oriente no quedó en el olvido: se tendieron puentes diplomáticos con China y Japón.

Además de los tratados comerciales firmados con Estados Unidos, se reglamentó el cruce mutuo de tropas para perseguir a las tribus apaches y se creó la Comisión Internacional de Límites y la Comisión Mixta de Reclamaciones. En la estrategia diplomática mexicana también estuvo contemplado Centroamérica; México rechazó, asimismo, los intentos guatemaltecos de integrar una sola nación centroamericana.

La relación con Estados Unidos caminó como en ningún otro momento del siglo XIX: en un ambiente de paz, amistad y apoyo. Con las fronteras abiertas a las inversiones extranjeras y el régimen político garantizado por don Porfirio, el gobierno estadounidense respiró tranquilo por más de tres décadas.

Francisco Bulnes, uno de los intelectuales críticos del Porfiriato, quien finalmente terminó colaborando con él, decía:

"Existía la convicción universal de que mientras el general Díaz disfrutase del apoyo ultra amistoso que le habían concedido los Estados Unidos, nada debía temer a las revoluciones. La diplomacia mexicana debió dedicarse a mantener intactas tan valiosas simpatías, básicas para nuestro orden social."

Francisco Bulnes,
El verdadero Díaz y la Revolución.

La dictadura

DESDE SU PRIMER PERIODO DE GOBIERNO, EL GENERAL DÍAZ BUSCÓ SOBRE TODO UNA ADMINISTRACIÓN ESTABLE QUE IMPULSARA EL CRECIMIENTO ECONÓMICO Y EL PROGRESO MATERIAL; POR ELLO TODOS SUS ESFUERZOS ESTUVIERON ENCAMINADOS HACIA ESE FIN. PARA LOGRAR SUS OBJETIVOS, TRAICIONÓ SU LEMA DE NO REELECCIÓN: ASÍ PERMANECERÍA EN LA PRESIDENCIA A TODO COSTO.

Entre los antiguos romanos, un dictador era el magistrado supremo que asumía todo el poder y nombraba a los cónsules en momentos de guerra o peligro. De allí viene que en la época actual se le llame dictador al gobernante que asume todo el poder.

Díaz y sus partidarios quisieron en todo momento simular que México vivía bajo un régimen democrático y que las reelecciones estaban sustentadas en la propia Constitución. Para ello, los diputados hicieron las reformas constitucionales necesarias.

Ya en 1878 se había logrado la primera reforma importante por la cual Díaz pudo garantizar su regreso en 1884. De nuevo en la presidencia, don Porfirio movió los hilos de la política en el Congreso y sus partidarios lograron aprobar la reelección por un periodo más, en 1888. En 1890, el presidente aseguró de manera definitiva su estancia en el poder: el Congreso aprobó la reelección indefinida.

Don Nicolás Zúñiga y Miranda, hombre alto, delgado, de gran bigote, bastón en mano y sombrero de copa, era un hombre muy tenaz, que solía caminar cotidianamente por la calle de Plateros del México porfiriano y era uno de aquellos que trataba siempre de competir en las elecciones presidenciales: no había elección en la cual no se presentara como contendiente, aunque siempre resultaba perdedor.

Una gran parte de la clase política se convirtió en fiel partidaria de don Porfirio. A principios de la década de 1890 se organizaron la Junta Central Porfirista y la Unión Liberal para preparar la candidatura de Díaz con miras al periodo 1892-1896. A partir de entonces la convocatoria a las falsas elecciones democráticas se repetía cada cuatro años y desde 1904, cuando el Congreso extendió el periodo presidencial, cada seis. En apariencia, las elecciones se verificaban puntualmente, para que nadie pudiera acusar a México de ser una nación antidemocrática, pero lo cierto es que el único candidato, que podía ganar, siempre era don Porfirio.

Al aprobar todas las modificaciones constitucionales que permitieron a Díaz reelegirse indefinidamente, el Congreso fue perdiendo su independencia y quedó supeditado de manera absoluta al poder Ejecutivo. En poco tiempo, el Congreso se convirtió en el "club de amigos del presidente", como lo llamaron algunos críticos. Ocupar un puesto en la cámara de diputados o senadores —la cual invariablemente era aprobada por Díaz— significaba una recompensa por la lealtad al régimen y la posibilidad de seguir ascendiendo políticamente dentro del sistema porfirista.

Durante los años de la dictadura, diputados y senadores se sometieron a los designios del Presidente. En sus sesiones, ninguna decisión de Díaz era criticada, ni siquiera cuestionada; su voluntad se convirtió en ley y los legisladores le aplaudían todo.

Si el poder Legislativo se volvió servil, en el poder Judicial la situación no fue diferente. Los que antes habían sido magistrados independientes fueron paulatinamente sustituidos y su lugar lo ocuparon otros, nombrados, desde luego, por el propio Porfirio.

El "tráfico de influencias" era algo común dentro del ámbito gubernamental, y acabó con la credibilidad del sistema judicial. Implicaba que las leyes se aplicaban en beneficio de los poderosos, amigos y familiares, y se consumaban negocios a costa del gobierno. Sólo se resolvían los casos que convenían a las autoridades, favoreciendo siempre a quien tuviera más dinero.

En los estados de la República la simulación democrática seguía un procedimiento similar. Utilizando el sistema de democracia representativa, que en ese entonces funcionaba, el pueblo nombraba a sus electores y éstos acudían a las urnas a votar según el mandato de la gente; pero todo el mundo sabía que el voto final y más importante era el de don Porfirio. Para garantizar la lealtad de los congresistas y con ella su continuidad y estabilidad, Díaz se convirtió en el "Gran Elector", manipulando las decisiones. No había cargo de representación que no fuese aprobado por él.

"Todos los puestos de elección popular se llenaban por nombramientos del Presidente: diputados, senadores, gobernadores, magistrados. Todos deben sus puestos al favor del Ejecutivo."

Ralph Roeder,
Hacia el México moderno*: *Porfirio Díaz.

Por otra parte, en la Constitución estaba estipulado que el país era una Federación, es decir, que cada estado tenía derecho a elegir a sus gobernadores y representantes, además de guardar una cierta autonomía e independencia del poder que residía en la capital o "centro" del país, es decir del Presidente. Sin embargo, en la práctica México funcionaba como una República centralista, pues en el territorio nacional nada se movía sin la autorización del presidente Díaz.

"Díaz quitó a los gobernadores toda autoridad asumiendo así toda la responsabilidad; determinó por sí la sucesión de los gobiernos locales, ordenó la elección de todos los representantes, y se exhibió como el depositario único de la autoridad de la nación."

Emilio Rabasa,
La evolución histórica de México.

Incluso los problemas que debían ser resueltos por los congresos y las autoridades locales eran de su conocimiento y se resolvían con su intervención.

Consciente de la necesidad de organizar un gobierno eficiente, don Porfirio se rodeó de un grupo de intelectuales y profesionistas que ocuparon los principales ministerios: Hacienda, Gobernación, Instrucción Pública, Relaciones Exteriores. Era conocido como el grupo de "los científicos" y estaba formado por José Yves Limantour, Rosendo Pineda, Justo Sierra, Joaquín Casasús, Francisco Bulnes, y Pablo y Miguel Macedo, entre otros. Todos ellos eran miembros de una nueva generación, formada después de la intervención francesa; casi todos pertenecían a la clase media que ascendió política y económicamente al acercarse al poder, volviéndose familias acaudaladas.

Justo Sierra fue uno de los ministros más brillantes del gabinete porfirista. Como abogado e historiador publicó varias obras importantísimas para el conocimiento del pasado mexicano como *Juárez, su obra y su tiempo*, o la *Evolución política del pueblo mexicano*, entre muchas otras. Secretario de Instrucción Pública y Bellas Artes desde 1905, se encargó de reabrir la Universidad Nacional en 1910. Fue uno de los pocos amigos cercanos a don Porfirio que se atrevió a señalarle los problemas que traería consigo la reelección indefinida.

Salvo algunas excepciones como la de Justo Sierra, la mayoría de los "científicos" ascendió en su posición social, gracias al sinnúmero de oportunidades que tuvieron para realizar negocios privados a partir de los asuntos públicos. Invariablemente, Porfirio les daba juego para que conocieran los asuntos y problemas nacionales, les pedía informes, estadísticas y cifras acerca del progreso material y, a cambio de sus servicios, los recompensaba con alguna gubernatura, una senaduría o hasta alguna embajada.

Los científicos fueron seguidores de la corriente del "positivismo", según la cual se debía utilizar el método científico no sólo para el análisis de las condiciones sociales, económicas y políticas, sino en el establecimiento y creación de las políticas de Estado.

"La ciencia acaba de poner a nuestra disposición la fuerza motriz de que andábamos tan necesitados."

José Yves Limantour

El grupo de los científicos consideraba que el método científico debía aplicarse al estudio de la sociedad y a la resolución de problemas planteados por las leyes que las rigen, es decir, adoptar una política científica.

A cambio, su tarea era aconsejar al Presidente y con su aval mantener a la nación en la ruta del progreso a través de leyes, programas y proyectos; en ningún momento, sin embargo, tuvieron en sus manos la decisión final. La última palabra siempre salía de la voluntad del caudillo.

"El nuevo ministro (Limantour) apeló a sacrificios, a medidas transitorias inmediatas de economía; suprimió empleos en gran número, redujo sueldos, activó la vigilancia en las recaudaciones, extremó rigores, y, con una eficacia que nunca se había visto, dio a la organización de todos los ramos de la Hacienda, orden, métodos y moralidad, que se tradujeron en rendimientos efectivos fiscales."

Emilio Rabasa,
La evolución histórica de México.

Si don Porfirio fue el artífice del orden político, Limantour, quien encabezaba al grupo de los "científicos", lo fue del ámbito económico: como ministro de Hacienda tuvo carta blanca del Presidente para reformar la economía y las finanzas nacionales. Con un sentido práctico modificó leyes, realizó presupuestos, presentó proyectos para lograr que la Hacienda pública nacional tuviera ganancias, como sucedió a partir de 1895. Limantour reforzó además el reconocimiento internacional para México y con ello fluyó el crédito.

Don Porfirio siempre reconoció el talento de Limantour, y éste, por su parte, esperó indefinidamente a que el caudillo le cediera la silla presidencial, pues aunque la admiración de Díaz por su ministro era grande no era tanta; antes que cualquiera de sus colaboradores, estaba siempre él mismo.

> "La política desarrollada por Díaz en el seno de su gabinete fue siempre maquiavélica; consistió en enemistar a alguno o algunos de sus ministros con los otros, para evitar que la unión de todos los hiciera más fuertes, o bien para que ninguno, ni el que más se distinguiese, cayese en la debilidad de aspirar a la presidencia. El gabinete era, así, un campo de batalla donde todo andaba en clamorosa discordia. Todo se hacía bajo el influjo y por las instigaciones embozadas del Presidente."
>
> José López Portillo y Rojas, *Elevación y caída de Porfirio Díaz.*

Por ello y para evitar que ninguno de los científicos soñara siquiera con la presidencia del país, don Porfirio utilizó con ellos la vieja máxima de "divide y vencerás" —expuesta por el teórico político italiano Nicolás Maquiavelo en la obra *El príncipe*—, y se valió de los mismos métodos que utilizó para acabar con la reputación de su compadre, Manuel Gonzáles: el rumor, la mentira y la intriga.

Las voces disonantes fueron perseguidas y los periodistas que criticaban la obra del porfiriato o sus métodos para mantener el orden y la paz terminaban, conociendo de cerca las llamadas "tinajas", es decir cárceles de San Juan de Ulúa, las de la penitenciaría de Lecumberri o las celdas de la prisión de Santiago Tlatelolco.

> **El fuerte de San Juan de Ulúa, en Veracruz (que actualmente es un sitio turístico); la penitenciaría de Lecumberri (que actualmente alberga al Archivo General de la Nación) y la prisión de Santiago Tlatelolco (que hoy guarda el Archivo Histórico de la Secretaría de Relaciones Exteriores) fueron las principales cárceles del Porfiriato.**

Además de *Regeneración* y otros periódicos verdaderamente opositores como *El Ahuizote* y más adelante *El Antirreeleccionista*, órgano de difusión del maderismo, sólo podían ser distribuidos clandestinamente o de mano en mano, porque publicaban notas criticando la política de Díaz. Cuando la policía del régimen encontraba los sitios donde se imprimían los ejemplares, entraba en ellos con lujo de violencia, destruía las imprentas y clausuraba el lugar; además, encarcelaba a los redactores e impresores.

Los hermanos Flores Magón, fundadores del periódico *Regeneración*, considerados además precursores de la Revolución, criticaron al Porfiriato desde los primeros años del siglo XX e incluso formaron, en 1906, el Partido Liberal Mexicano (PLM), a través del cual exigían una serie de demandas socioeconómicas para mejorar las condiciones de vida de los trabajadores.

Los principales postulados del PLM eran:

- **Supresión de la reelección.**
- **Supresión de la pena de muerte para presos políticos y comunes.**
- **Obligatoriedad de la enseñanza elemental hasta los 14 años.**
- **Establecimiento de un salario mínimo.**
- **Expropiación de latifundios.**
- **Regulación de las jornadas de trabajo.**

Al contrario, la mayoría de los periódicos que no eran opositores recibían dinero del gobierno. La administración de Porfirio Díaz llegó a gastar, o a invertir, la para aquel entonces gran cantidad de 100 mil pesos anuales para mantener a la prensa fiel al porfirismo. *El Imparcial* —más porfirista que el propio Porfirio—, recibía 4200 pesos; *The Mexican Herald*, publicado en inglés, gozaba de 1100 pesos; *El Tiempo* y *La Iberia*, 400. Otros más aceptaban de 300 a 150 pesos, dependiendo del contenido de sus notas; los que menos recibían no trataban asuntos políticos, simplemente aplaudían los eventos de la alta sociedad porfirista.

José Guadalupe Posada (1852-1913), hoy reconocido internacionalmente y considerado como uno de los precursores del movimiento nacionalista en las Artes Plásticas, fue uno de los grabadores y litógrafos más importantes de su tiempo. Apasionado de la caricatura política, registró los sucesos extraordinarios y de la vida cotidiana de su época, el Porfiriato, publicándolos en *El Ahuizote* y la *Revista de México*, entre otros. Trabajó para la editorial de Irineo Paz y realizó numerosas portadas para el editor Germán Venegas. Además de fundar algunos periódicos, revivió con ingenio e ironía en el imaginario popular las hoy famosas "calaveras"; por medio de ellas, Posada no sólo señaló gráficamente las lacras, las miserias y los errores de la sociedad de esa época, sino que se burló de los políticos venales, ambiciosos y tiránicos, por cuyo motivo fue a dar varias veces a la cárcel.

Aunque la Constitución señalaba que México era una República representativa y democrática, hacia finales del siglo XIX distaba mucho de serlo. Justo Sierra definió al régimen porfirista como una "monarquía con ropajes republicanos". Los intelectuales que terminaron cobijados por el gobierno, justificaron la necesidad de la dictadura y escribieron cientos de renglones para demostrar históricamente que México había llegado al máximo grado de su desarrollo bajo la dirección de Porfirio Díaz.

"Bajo los oropeles de la abundancia y la prosperidad, comenzaron a aparecer la crueldad, la intransigencia, la ambición sin límites y el egoísmo del César. Entonces pudo verse que las verdaderas características de su régimen eran dos: exterminio y prostitución... El general Díaz creía firmemente en el exterminio como arma principal de su gobierno... Pocos gobernadores, aún entre los reyes, emperadores, faraones, sultanes y califas, han hecho más para prostituir a un pueblo que el general Díaz para degradar a los mexicanos."

Luis Lara Pardo,
De Porfrio Díaz a Madero.

Independientemente de los opositores y salvo algunos focos de oposición, una gran parte de la población, sobre todo las clases medias y altas que se vieron beneficiadas por el régimen, entregó su reconocimiento al general Díaz. Para ellos la figura presidencial se convirtió en motivo de culto. "O con don Porfirio o contra él", no había ninguna otra opción.

Ante los ojos de don Porfirio, los mecanismos políticos de su régimen funcionaban. El gusto por el poder, el arte de la manipulación, el lenguaje de la simulación, el uso de la fuerza contra la oposición eran parte de la naturaleza del dictador, del caudillo que se veía a sí mismo como el hombre necesario. La Constitución se convirtió —en palabras de Justo Sierra— "en un bello poema [...] Tiene veinte años de vida y nadie la ha puesto en práctica", y la aplicación de la ley se volvió discrecional.

"El pueblo dotó a este hombre con una serie de delegaciones, de abdicaciones extralegales, pues pertenecen al orden social, sin que él lo solicitase, pero sin que esquivase esta formidable responsabilidad ni un momento... la sumisión del pueblo en todos sus órganos oficiales, de la sociedad en todos sus elementos vivos, a la voluntad del Presidente, puede bautizársele con el nombre de dictadura social, de cesarismo espontáneo, de lo que se quiera; la verdad es que tiene caracteres singulares que no permiten clasificarla lógicamente en las formas clásicas del despotismo. Es un gobierno personal que amplía, defiende y robustece al gobierno legal."

Justo Sierra,
Evolución política del pueblo mexicano.

Así, la dictadura acabó con las libertades públicas, con el espíritu cívico y con la independencia de los poderes de la Federación. En aras de lo que se consideraba el orden, la paz y el progreso, los ocho periodos presidenciales de Díaz hundieron al país en una profunda sumisión a la figura patriarcal del dictador.

Poco a poco, una parte de la sociedad, sobre todo la política, fue delegando toda la responsabilidad del desarrollo del país en las manos de un solo hombre. Mucha gente prefirió sacrificar sus derechos políticos a regresar a los viejos tiempos en que la inseguridad, los golpes de Estado, las rebeliones y las invasiones extranjeras pusieron a México al borde del caos y la desintegración.

El caudillo tomó en sus manos la responsabilidad de todo el país y ejerció su autoridad por encima de la ley. Nunca concibió a la sociedad mexicana capaz de conducir su propio destino, ni con la suficiente madurez política para llevar a la República a su desarrollo y progreso material.

Francisco Bulnes refiere una anécdota que da cuenta de la idea de Díaz sobre el país y los mexicanos:

"Oí emitir al general Díaz las siguientes ideas: Los mexicanos están contentos con comer desordenadamente antojitos, levantarse tarde, ser empleados públicos con padrinos de influencia, asistir a su trabajo sin puntualidad... no faltar a las corridas de toros, divertirse sin cesar, tener la decoración de las instituciones mejor que las instituciones sin decoración... gastar más de lo que ganan, endrogarse con los usureros para hacer 'posadas' y fiestas onomásticas. Los padres de familia que tienen muchos hijos son los más fieles servidores del gobierno por su miedo a la miseria; a eso es a lo que tienen miedo los mexicanos... a la miseria, no a la opresión, no al servilismo, no a la tiranía; a la falta de pan, de casa y de vestido, y a la dura necesidad de no comer o sacrificar su pereza."

Tiempo después, el mismo Bulnes bautizaría estas ideas como la "Fórmula Gástrica de la paz".

El progreso y la modernización

POCOS AÑOS ANTES DEL INICIO DEL PORFIRIATO, EL PRESIDENTE LERDO DE TEJADA HABÍA DICHO: "ENTRE LA FUERZA Y LA DEBILIDAD: EL DESIERTO", EN CLARA ALUSIÓN A LA POSICIÓN GEOGRÁFICA DE ESTADOS UNIDOS FRENTE A MÉXICO. UNA VEZ EN EL PODER, PORFIRIO DÍAZ, CUYA OBSESIÓN ERA EL PROGRESO MATERIAL PARA LA REPÚBLICA, MODIFICÓ LA FRASE: "ENTRE LA FUERZA Y LA DEBILIDAD: EL FERROCARRIL".

Si bien desde mediados del siglo XIX se habían construido algunos tramos de vía y concesionado algunos otros, no fue sino hasta el inicio del Porfiriato cuando empezó el crecimiento real y constante de los ferrocarriles, apoyado por las inversiones extranjeras.

No había terminado el primer cuatrienio de Díaz, cuando ya tenía las riendas de los ferrocarriles en sus manos. Con las leyes del 1° de junio de 1880 y 16 de diciembre de 1881, el Congreso creó los primeros candados legales para los inversionistas, sometiendo a jurisdicción exclusivamente federal todo lo concerniente a ferrocarriles: contratos, modificaciones, tendidos de vías y concesiones, lo cual garantizaba la intervención del gobierno en el momento que fuera necesario.

Al mismo tiempo se estimuló el desarrollo de las compañías ferroviarias, otorgando los terrenos colindantes a los tramos tendidos y estableciendo un atractivo subsidio por cada kilómetro de vía construido. Ante tal oferta, las compañías estadounidenses no tardaron en iniciar la construcción con el fin de extender sus líneas más allá de la frontera sur de Estados Unidos.

El progreso porfiriano encontró en el ferrocarril el icono que definió a la modernidad mexicana de principios del siglo XX. En 1908, don Porfirio declaró frente al periodista James Creelman: "Los ferrocarriles han desempeñado un importante papel en la conservación de la paz en México. Cuando por primera vez me posesioné de la presidencia, sólo existían dos pequeñas líneas que comunicaban la capital con Veracruz y con Querétaro. Hoy tenemos más de diecinueve mil millas de vía férrea".

En 1876, cuando Porfirio tomó el poder existían en el país poco más de 800 kilómetros de vías férreas; al dejar la presidencia en 1911, la red alcanzaba los veinte mil kilómetros.

Pero el ferrocarril sólo fue el inicio de la era de progreso material que llegó con el Porfiriato. A partir de 1884 comenzó un crecimiento económico sin precedentes. Con la inversión extranjera se reactivó la minería, creció el número de fábricas y la explotación del petróleo se manifestó como la actividad industrial del nuevo siglo; los bancos abrieron sus puertas en distintos puntos del país y las casas comerciales como El Puerto de Liverpool (de empresarios ingleses), El Palacio de Hierro (de empresarios franceses) o El Puerto de Veracruz se multiplicaron.

Con la intención de regular las inversiones y las finanzas públicas, en 1884 el gobierno mexicano impulsó la creación de un banco emisor conocido como Banco Nacional de México. A partir de ese año el establecimiento de la banca quedó en manos del gobierno federal. Otra institución que pronto alcanzó renombre fue el Banco de Londres y México. Para consolidar la actividad bancaria, el 19 de marzo de 1897, el ministro de Hacienda, José Yves Limantour, presentó la Ley sobre bancos e instituciones de crédito la cual permitió a los dos grandes bancos de la capital establecer sucursales en todo el país.

Junto a los señores del dinero, los préstamos y el ahorro, algunas de las principales ciudades comenzaron a mostrar un rostro diferente: el de la luz eléctrica y las calles asfaltadas; el de los carruajes que dejaban el paso franco a los primeros automóviles.

Algunas capitales del país también sufrieron transformaciones en su paisaje urbano: las chimeneas se convirtieron en el símbolo de las modernas fábricas. Con atractivas exenciones fiscales muchos inversionistas apostaron por la industria. En México se fundó la Tabacalera Mexicana, la fábrica de cigarros El Buen Tono, la Papelera San Rafael; en Puebla y Veracruz la industria textil llevaba la voz cantante en la modernización de la República y Monterrey comenzó su desarrollo industrial con la fundación de la Cervecería Cuauhtémoc en 1890.

Las fábricas, sin embargo, no ofrecían buenas condiciones de trabajo: los obreros trabajaban sin legislación, además de que se permitía el trabajo infantil.

Pero quizá la piedra angular en todo el crecimiento fueron las comunicaciones, punta de lanza en la cruzada modernizadora del país. Una vez controlados los asaltos, con la seguridad como premisa para el desarrollo, por primera vez en la historia del México independiente algunos sectores de la sociedad gozaron de un sistema de correo efectivo, expedito y seguro.

El telégrafo también ocupó un papel preponderante; entre 1877 y 1900 la red telegráfica creció de 7 136 a 23 154 kilómetros. Junto a las vías férreas, los telegramas unieron gran parte del territorio nacional a través de la clave morse.

Otra gran invención que llegó a México durante el gobierno de Díaz fue el teléfono. El 15 de marzo de 1878, el pueblo de Tlalpan tuvo el honor de convertirse en el primer sitio de la República mexicana en recibir una llamada telefónica desde la ciudad de México. Trece años después, en 1891, la flamante Compañía Telefónica Mexicana, establecida en la calle de Santa Isabel número 6, contaba con más de mil suscriptores que gozaban de las bondades del teléfono.

Al presidente Porfirio Díaz se le podía llamar por teléfono al número 64. El futuro ministro de Hacienda, José Y. Limantour tenía el 62. La familia Romero Rubio, suegros de don Porfirio, respondían en el 127 —número telefónico de su domicilio en la calle de San Andrés—, o en su mansión en el vecino pueblo de Tacubaya, marcando el 1005. Las casas comerciales como el Puerto de Liverpool y el Puerto de Veracruz, tenían números similares que a veces provocaban confusión: 643 y 634 respectivamente.

En el Directorio Telefónico estaban contemplados todo tipo de negocios: hoteles, comercios, restaurantes, compañías petroleras, fábricas, líneas de ferrocarril, oficinas de gobierno, funcionarios públicos, particulares y, con el número 1, aparecía el único negocio permanentemente rentable: la agencia de inhumaciones de Eusebio Gayosso.

El progreso impulsado por Díaz alcanzó también la industria agrícola, que elevó notablemente su producción de henquén, caucho y café, los cuales eran exportados, aunque esa situación provocó que se encareciera la agricultura de alimentos, es decir el chile, el frijol, y el trigo tenían altos precios.

"El régimen tuvo la obsesión de embellecer las ciudades, sus calles, sus plazas y sus jardines para que la sociedad mexicana pudiera entretenerse caminando por la hermosa capital. Era una especie de necesidad por el buen gusto y la elegancia. Como si con esto se demostrara que la sociedad y México en general eran una nación civilizada y moderna."

Diego Arenas Guzmán,
"La ingeniería venía de Londres y Washington, la estética de París",
50 retablos de vida porfiriana.

En 1891, la Compañía Telefónica Mexicana publicó su *Lista de suscriptores no. 1* donde anunciaba:

"El precio por toda línea nueva será de seis pesos y veinticinco centavos mensuales por *líneas de un kilómetro* o menos. Se cobrará además $10.00 por los gastos de instalación."
Los suscriptores tenían derecho a: "hablar con los demás cuando quieran y con el mayor secreto. Al decir en la Oficina Central con quien se quiere hablar digan con qué número y no con qué nombre."

La guía telefónica apenas contaba con 21 páginas y aparecían todos los usuarios sin importar su posición social, aunque por lo general sólo los de una clase económicamente pudiente eran los que tenían acceso. Los pobres y los indígenas estaban relegados, pero Díaz no lo consideraba así, y tampoco los tomaba en cuenta.

"Las comunicaciones forman ya una verdadera red que envuelve a la República —dijo en Díaz en uno de sus informes de gobierno—, enlaza íntimamente y asimila sus diversas y lejanas regiones, unificando de este modo las disímbolas razas que la habitan creando en ellas, por consiguiente, el concepto verdadero de la patria y el amor y respeto a ella."

La sociedad porfiriana

Durante el Porfiriato, 80 por ciento de la población era rural y el 20 por ciento restante vivía en zonas urbanas. A pesar del evidente crecimiento económico, las brechas entre las clases sociales se hicieron más grandes. La sociedad estaba dividida por la desigualdad: los ricos se hicieron más ricos y los pobres más pobres. La clase media —intelectuales, periodistas, abogados, médicos—, aspiraban a mejorar su situación, a buscar mejores empleos, a ocupar cargos públicos, pero generalmente estas oportunidades sólo estaban abiertas para la gente cercana a don Porfirio.

Pasear por la alameda con sus fuentes que representaban a Neptuno y a la diosa del amor Venus —producto de la corriente artística "escapista" que no quería mirar al interior pero sí retratar el antiguo mundo griego y romano—, era la moda.

Caminar por el jardín Corregidora, el Guardiola o el bello jardín enfrente de Catedral, y dejar pasar la tarde, era un entretenimiento delicioso en esta ciudad, antes amable y tranquila.

Embellecidas las calles, las del centro y de las colonias favorecidas como la Roma, la Condesa y la Juárez, con alumbrado público y desagüe —la ciudad apestaba antes que el Porfiriato lograra construir el drenaje—, era un verdadero placer recorrerlas.

Las clases media y alta de la sociedad mexicana tuvieron como uno de sus pasatiempos favoritos caminar; así se hacía por Santo Domingo o Isabel la Católica, usando vestidos y atuendos para demostrar el buen gusto y la elegancia. Pero no todos podían gozar del mismo estilo de vida. La clase más acomodada, la que tenía más dinero, era pequeña y cerrada; las familias ricas se preocupaban por no malgastar sus bienes para no perder su posición.

Para las diversiones y entretenimientos, las clases sociales generalmente no se mezclaban. Aunque por lo general la más acomodada huía de las fiestas públicas, los hombres debían asistir a las ceremonias patrióticas —el 15 de septiembre, por ejemplo— o políticas.

Luis Terrazas, al dictar su testamento creyó necesario poner una cláusula donde se castigara al heredero que vendiera sus propiedades con la obligación de pagar un 25% de la venta total. Esto se iba a un fondo común para auxiliar al miembro más necesitado de la familia.

José C. Valadés,
El Porfirismo, historia de un régimen.

"El progreso económico, un bien por el que Díaz apostó como base para la revitalización del país, mejoró la calidad de vida de los sectores más acomodados a los que les comenzó a sobrar tiempo."

Aníbal Santiago,
El nacimiento del periodismo deportivo en México (1882-1897).

También existían los clubes nacionales y extranjeros —como los llamados tíbolis—; las carreras de caballos en Hipódromo Condesa y después en Peralvillo; los teatros —en el Teatro Principal, por ejemplo, se podía asistir a la ópera para escuchar a la Srita. Ricchi—, entre otras diversiones.

Uno de los mayores lujos del régimen fue el Jockey Club. En la planta alta de lo que hoy conocemos como el Sanborn's de los Azulejos, ubicado en la ciudad de México, había hermosas salas para fumar, apostar, dormir siesta, jugar boliche, billar, así como comedores, salones de lectura, de conversación, baños de agua caliente y fría. Los hombres viejos se entretenían con diversiones sobrias, mientras que los jóvenes se divertían con extravagancias como jugar con un tigre. En 1903 se realizó la primera carrera de autos y en 1907 se creó el Automóvil Club cerca del lago de Chapultepec.

"Por todas partes la decoración elegante, el detalle exquisito, la ceremonia espléndida. Y don Porfirio que era un hombre de formas impecables era el centro obligado de aquella sociedad que había adquirido un estilo refinado y superior."

Nemesio García Naranjo citado por Enrique Krauze,
Porfirio. El Poder.

"El desplume es entre nosotros el aliciente mayor que puede ofrecerse en una fiesta; fiesta y feria sin juego nos es tal fiesta dice un refrán ya popular en México. Por eso el pabellón de las apuestas en el Jockey Club es un remedo de purgatorio; la gente se precipita a él como antes cuando en los jubileos se iba a ganar indulgencia; todos gritan, todos piden billetes de tal o cual caballo."

El Monitor Republicano,
citado por Aníbal Santiago,
Op. cit.

Alrededor de don Porfirio y su segunda esposa, doña Carmelita, se movía algo parecido a la corte de un monarca: estaba formada por una pequeña y mezquina oligarquía obsesionada con la alcurnia y el abolengo.

“Bajo la estricta tutela de doña Carmelita Romero Rubio, el adusto general Porfirio Díaz —tan chinaco en otro tiempo, tan severo— también se afrancesó. No sólo en su atuendo personal. Convirtió en boliche la antigua sala del trono de Maximiliano en Chapultepec, pero en el mismo Castillo abrió un gran salón de recepciones, ornamentó vitrales con motivos mitológicos, conectó lo dos niveles con un moderno elevador...”

Enrique Krauze,
Porfirio Díaz, Místico de la autoridad.

En cuanto a las diversiones femeninas, estaban las temporadas de ópera y el paseo diario a la caída del día en carretela o automóvil a lo largo de Reforma. Después vino la moda tomar café o té, por ejemplo en el café Colón.

“Tres leyes que debe observar el marido. Impuestas por la esposa”, en *El periódico de las señoras*, 15 de mayo de 1896,

–No tendrás otra mujer que yo.

–No tendrás pintura, retrato, pañuelo, cabellos ni otro recuerdo de mujer que el mío.

–Para que tu mujer lleve con honra tu nombre, no permitas que lleve un traje de mendiga. No te pide lujo innecesario; pero tampoco se conforma con que tú vistas a la moda y a ella sólo le permitas un traje indecoroso para el estado social en que figuras.

Los matrimonios eran todo un acontecimiento y una obligación para la mujer. A las muchachas que no se casaban jóvenes, solían llamarles "quedadas". Para muestra este artículo de *El periódico de las Señoras* del 8 de agosto de 1896:

"Ya Ana no se cose de un hervor. Ya es tuna. Por más que se pinte no pasa. Anda alebrestada, busca a quien lazar, pero no halla. Como que no hay paseo, baile, jamaica o reunión cualquiera en que no se le vea siempre depuesta para hacer frente al que le tire el capote".

Otro de los nuevos espectáculos fue el cinematógrafo. A finales de 1897, el ayuntamiento de la ciudad concedió a Luis G. Suárez establecer dos cinemas.

"¿Qué es la mujer? Físicamente es el poder legislativo que se impone al ejecutivo. Magnéticamente es una brújula que sirve de guía al hombre en su peregrinación por el mundo. Botánicamente es una hermosísima planta que produce a la vez flores y espinas, frutos dulces y amargos, dando aroma de vida y jugo venenoso... Espiritualmente es el ángel o demonio de hogar doméstico, el consuelo o desesperación de muchas almas."

***Diario del Hogar*, 7 de febrero de 1909.**

La clase media paseaba por Santa María la Ribera y la Plaza de Orizaba, remaba en el lago de Chapultepec, entre otras muchas diversiones. Era la clase que más se movía, la más abierta a los adelantos técnicos y los nuevos entretenimientos. Por ejemplo, admiraban las elevaciones en globo del señor Cantoya. En esta época aparecieron varios aeronautas como Joaquín de la Cantoya y Rico o la pareja de Luis Bartoi y Luisa Orellana que decidieron casarse en globo y recorrer el país en viaje de bodas.

"Si un hombre quiere ver bien vestidas a su esposa e hijas a la última moda en México, esto le cuesta un dineral. En las manos de un mexicano de clase media no está comprar vestidos para la parte femenina de la familia. Quebraría en poco tiempo."

Stephen Crane, escritor estadounidense, viajero y periodista.

En cuanto a deportes, les gustaba el ciclismo, el box y uno que se estableció gracias a las compañías mineras norteamericanas: el béisbol.

"A las diez de la mañana comenzó la fiesta, con el juego de *Base Ball*. Este juego es muy común en los Estados Unidos y se recomienda principalmente a los jóvenes por serles de útiles y provechosos resultados en su constitución. El ejercicio que se hace es fuerte, se desarrollan grandemente los músculos y hay quien lo crea superior a la gimnasia por los buenos resultados que se obtienen. Es un complicadísimo juego de pelota difícil de describir si no se está en el terreno viendo jugar y es peligroso, pues un pelotazo en la cara bien dado se la dejaría a uno bien desfigurada.

Los principales jugadores son el *picher* [sic], que es quien arroja con fuerza la pelota y los que la reciben *cachers* [sic], que son dos, uno que tiene que pegarle con un palo, y en caso de errar, otro la recibe con un guante, procurando recogerla sin que caiga al suelo... Repito que una explicación sería difícil, y más en unas cuantas líneas..."

El Nacional*, 5 de julio de 1892, en Aníbal Santiago, *Op. cit.

La clase popular solía pasear en la plaza de Armas o en Chapultepec, ir al circo Jordán y al Magnolia, o al Orrín (que en 1910 fue demolido) a ver a la mujer mosca, la niña Sansón o la Señora Llamamoto.

"El circo es el espectáculo popular mas no por esto mexicano. Lo rústico de su establecimiento; la intención vulgar que imprime a sus programas; la afinidad que buscan sus actores con el sensible público que asiste a sus funciones; el ejemplo que en el dominio del dolor físico da el cirquero; la historia de la vida errante y abnegada de esos hombres y los desordenados apetitos que provoca la acrobacia, hacen crear semejanzas entre el circo y sus espectadores."

José C. Valadés,
El Porfirismo.

Existían también los espectáculos cómicos de las carpas, los títeres o las peleas entre animales o de animales con hombres. A finales del XIX, en la plaza de San Rafael era común presenciar el box, o batallas "menos refinadas" de un toro contra un elefante o contra un león. Además estaban las corridas de toros, prohibidas antes de Díaz, quien las legalizó en 1887.

"La plazuela de toros apenas es comparable con una mala pista de lidia de gallos. Ahí todo es sol y todo es malo. El importe de la entrada varía: si uno es decentillo (por fuera se entiende), tres pesos; si uno usa blanco traje de manta y cuchillo entre carne y ceñidos, cincuenta centavos. Había en sombra espectadores que colgaban los pies porque faltaban gradas, otros que hacían equilibrios entre dos abismos, atrás una zahúrda, adelante el redondel; estiércol, silla de hule, unas bancas cojas, la romana para el peso de los luchadores y la pista de cinto metros por lado, con su límite de reatas.

Y llegó la hora deseada. Asomó Clarke apuesto, con traje chillante, cierto airecito de futuro triunfo o tufillo de periodista caballero y con honor; parecía *clown* de provincia fronteriza: era negro natural de la cintura para arriba, una firme zalea ensortijada en la cabeza, calzones de punto rosa, banda tricolor, zapatillas negras, amarillas, rojas y quién sabe qué diablos más de colores; le salía lo blanco de los ojos a mil leguas, asomaba su blanquísima hilera de dientes como ráfagas en noches tempestuosas. El otro, Smith, rumiaba chique para depositar la bilis. Estaba a lo Adán: un calzoncito rojo de baño, los zapatos negros y plomizos los calcetines. Su cabeza chica formaba contraste con su cuello robusto, de buey suizo. Unos ojitos amarilluzcos miraban sin cesar al rival... Permanecía con las extremidades extendidas... En el brazo derecho lucía una bailarina en *tatuage* [sic]... Se le acercaban sus admiradores y le contemplaban cual una Providencia."

El Universal, 25 de noviembre de 1895,
en Aníbal Santiago, *Op. cit.*

Al doblar el siglo, el sistema político porfirista caminaba solo y descansaba en la figura del caudillo. Parecía no haber nubarrones en el horizonte político del país. don Porfirio con sus setenta años se veía fuerte, sólido como una roca, ciertamente parecía eterno. "El pasado es el mejor espejo en que se refleja el porvenir —declaró el dictador ante la prensa extranjera. Brillantes son los auspicios con que la República mexicana entra al nuevo año de 1900". El régimen, según él, había pasado la prueba. Comenzaba el siglo XX y el progreso material parecía no tener límites. La nueva centuria se presentaba promisoria para el país:

190

"México acaba el siglo en que tanto ha luchado y sufrido, lleno de esperanzas para un porvenir muy risueño, basadas en un presente de cordura y prosperidad por primera vez anotado en sus anales. Espera al siglo que viene confiado en que sus hijos sabrán salvarlo de los peligros que lo rodean, manteniendo la obra gloriosa del general Díaz."

***El Nacional*, 14 de septiembre de 1899.**

“Para que México siga su avance en el siglo XX —señalaba un editorial del periodico *El Popular*—, falta que el gobierno se ponga a la altura del esfuerzo y del avance del pueblo, multiplicando las escuelas, abriendo paso a la justicia que hoy sirve al poderoso; extirpando el caciquismo; dejando al pueblo el libre ejercicio de los derechos democráticos para que el poder quede en manos de hombres ilustrados, probos, patriotas y progresistas. Y México, fortalecido por la instrucción, la justicia y la aptitud para el trabajo, llegará a la cima de su engrandecimiento.”

La caída

Se oía decir en tiempos de don Porfirio, "este es el siglo de las comunicaciones y las obras públicas". Y era verdad. Hacia la etapa final del Porfiriato se inauguraron diversas obras que revestían a la ciudad con aires de modernidad y progreso. Sin embargo y a pesar del "progreso" la desigualdad reinante en el país acabaría en un descontento generalizado que explotó, marcando así la caída del Porfiriato.

En 1900 don Porfirio puso en servicio el novedoso tranvía eléctrico, inauguró las obras del desagüe del valle de México y la penitenciaría del Distrito Federal mejor conocida como Lecumberri. Un año después colocó la primera piedra del futuro monumento a la Independencia que sería coronado con una victoria alada (hoy conocido como el Ángel de la Independencia). También en 1902 la Compañía Mexicana de Gas y Luz Eléctrica impulsó el embellecimiento de la ciudad al introducir el novedoso cableado subterráneo que llegó para sustituir a los postes y el mal aspecto que daban los cables al exterior. Entre 1905 y 1910 se inauguraron otras obras: el mercado de la Lagunilla, el rastro, el Hospital General, el Hospicio, el manicomio de la Castañeda, el Palacio de Comunicaciones, el edificio de Correos y el Palacio del Ayuntamiento.

El Palacio de Comunicaciones fue construido para albergar la Secretaría de Comunicaciones y Obras Públicas, pero resultó insuficiente por su tamaño, por lo que se convirtió en el Archivo General de la Nación. Actualmente es el Museo Nacional de Arte (MUNAL).

Otras regiones del país también se beneficiaron con la obsesión de don Porfirio por el progreso material. En 1902 Díaz viajó a Veracruz para inaugurar las obras que dejaron al puerto como uno de los más modernos y funcionales del momento. Quizá el viaje más importante fue realizado en 1907, cuando el viejo dictador marchó al Istmo para inaugurar personalmente las obras de saneamiento y modernización de los puertos de Salina Cruz y Coatzacoalcos, a cuyas estaciones llegaría el célebre ferrocarril de Tehuantepec. Por primera vez en la historia de México, el Golfo de México y el Océano Pacífico eran unidos por el progreso y la locomotora.

El Palacio del Ayuntamiento se comenzó a construir en la época colonial. En 1906 fue transformado por el arquitecto Manuel Gorozpe. Actualmente es la sede del Gobierno del Distrito Federal.

El Palacio de Bellas Artes fue concebido por Díaz como sucesor del Teatro Nacional, y el proyecto fue encargado a Adamo Boari. Sin embargo, la construcción no fue terminada hasta mucho después, en 1934.

Los logros materiales fueron evidentes y Díaz pensaba que eran suficientes: durante las fiestas del Centenario en 1910, en uno de sus pocos discursos, expresó:

"Hemos querido festejar nuestro Centenario con obras de paz y de progreso. Hemos querido que la humanidad, congregada por intermedio vuestro en nuestro territorio, juzgue de lo que son capaces un pueblo y un gobierno cuando un mismo móvil los impulsa: el amor a la patria, y una sola aspiración los guía: el progreso nacional. El pueblo mexicano, con vigoroso empuje y con lúcido criterio, ha pasado de la anarquía a la paz, de la miseria a la riqueza, del desprestigio al crédito y de un aislamiento internacional a la más amplia y cordial amistad con toda la humanidad civilizada. Para obra de un siglo, nadie conceptuará que eso es poco".

Pero como en toda dictadura, la prosperidad de unos cuantos se reflejaba en la miseria de la mayoría. Entre 1900 y 1910, junto al evidente progreso, también se hicieron notar las terribles contradicciones sociales creadas por la desigualdad.

En 1910 la República tenía 15 millones de habitantes. La mayoría, 80%, vivía en el campo y el resto se encontraba en las ciudades y los centros fabriles más importantes: México, Guadalajara, Puebla y Monterrey. El 72% no sabía leer ni escribir y la riqueza estaba concentrada en una pequeña oligarquía burguesa —la corte de don Porfirio—, que se enriquecía participando en una amplia gama de negocios públicos: obras, transportes, minería, petróleo, banca y comercio.

El México porfiriano mostró siempre dos rostros. Uno, el del progreso material cristalizado en los casi veinte mil kilómetros de vías férreas, la red telegráfica que unía al país, líneas telefónicas en las zonas urbanas, el alumbrado eléctrico, las casas comerciales y las obras públicas.

El otro, el rostro de la desigualdad, fue la cara oscura del Porfiriato. Las haciendas se convirtieron en el símbolo de la explotación, sobre todo en las grandes regiones azucareras— como el estado de Morelos—, ya que México llegó a ocupar los primeros lugares mundiales de su producción. Asimismo, la explotación se dio en las zonas henequeneras de la península de Yucatán, debido a que el henequén también era un producto con gran demanda a nivel mundial.

Los hacendados despojaron a decenas de pueblos de sus tierras y ante la imposibilidad de sembrar para subsistir, los campesinos tuvieron que contratarse en las haciendas, en muchas de las cuales el trato era terrible. Se hicieron famosas las tiendas de raya y la explotación sin límite.

"En la primera década del siglo xx, se publicaron dos libros que evidenciaban la miseria que existía en el país: *Los grandes problemas nacionales* de Andrés Molina Enríquez, quien fue aprehendido por su publicación (1909) y *México Bárbaro* de Kenneth Turner (1910). Al respecto de las duras condiciones sufridas por los campesinos, Turner escribe: '...los peones del campo... por lo regular no reciben un solo centavo en efectivo, sino que se les paga en vales de crédito contra la tienda de raya de la hacienda, en la cual están obligados a comprar a pesar de los precios exorbitantes. Como resultado, su alimento consiste solamente en maíz y frijoles, viven en cabañas que suelen estar hechas de materiales no más consistentes que la caña del maíz, y usan sus pobres vestidos no sólo hasta que se convierten en andrajos a punto de deshacerse, sino hasta que efectivamente se deshacen'."

K. Turner, *México Bárbaro.*

Los peones de las haciendas se veían obligados a gastar su dinero en las "tiendas de raya" que eran de los propios patrones. En estas tiendas tenían que comprar más caro y al endeudarse, tenían que seguir trabajando para el mismo patrón, aunque los trataran mal. Estas tiendas se encontraban dentro de las haciendas.

En ellas los campesinos podían adquirir distintos productos. Sin embargo, nunca les alcanzaba para pagarlos completamente, lo que propiciaba un creciente endeudamiento. Las deudas se hacían impagables y además se heredaban de padres a hijos, con lo cual, el hacendado garantizaba tener mano de obra permanente para sus tierras.

En algunos lugares como Valle Nacional, en Oaxaca y Yucatán, las condiciones de vida prácticamente eran de esclavitud. La situación no era mejor para los obreros. No existían leyes laborales: las jornadas de trabajo eran de más de 12 horas, sin derecho a huelga y sin seguridad social; las fábricas se convirtieron en verdaderos polvorines.

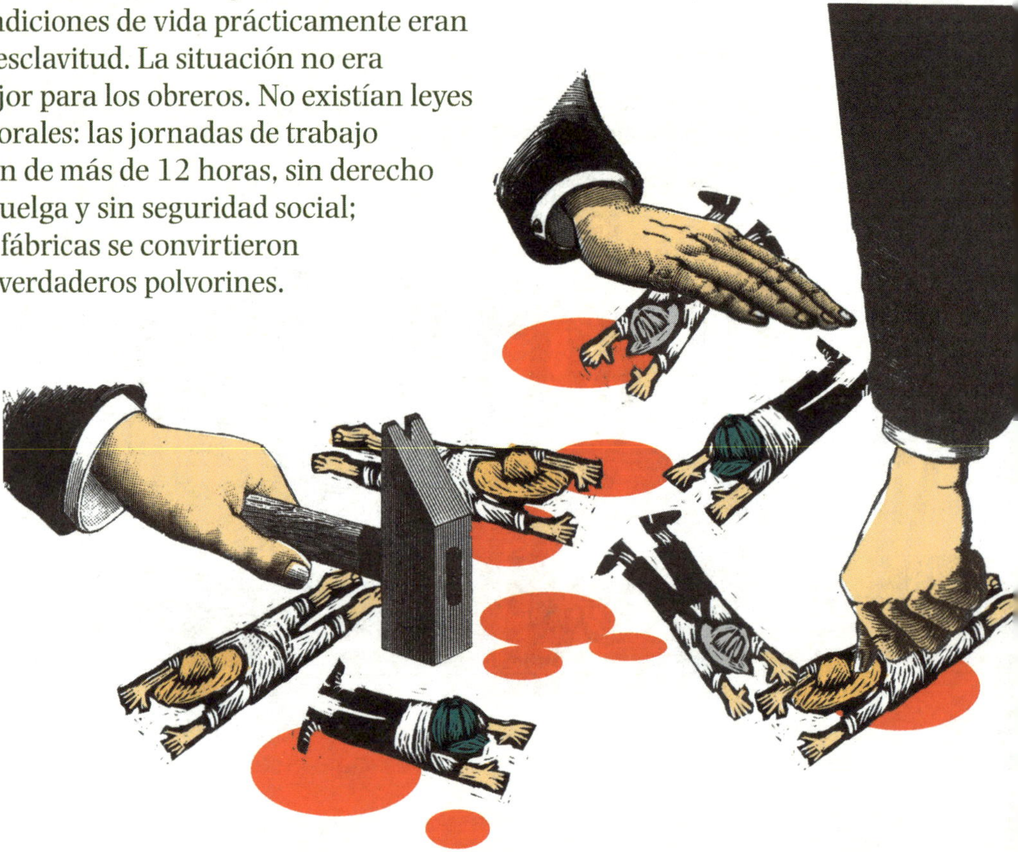

En 1906, en Cananea, Sonora, los mineros mexicanos de la *Cananea Consolidated Copper Co.*, se levantaron en huelga exigiendo mejoras laborales, sobre todo que se les pagara el mismo salario que a los estadounidenses, quienes ganaban más haciendo el mismo trabajo. Como la compañía era estadounidense y cualquier desorden podría molestar a ese país, el gobernador de Sonora envió sus propias tropas y además permitió la entrada a territorio nacional de tropas estadounidenses conocidas como los *rangers*. Ambas fuerzas reprimieron a sangre y fuego a los mineros; muchos obreros murieron y los líderes sobrevivientes fueron enviados a la prisión de San Juan de Ulúa.

Al año siguiente, en enero de 1907, estalló otra huelga. Esta vez fue en Río Blanco, Veracruz. Los obreros de la industria textil decidieron parar labores y el movimiento se extendió a otras empresas de la región de Veracruz y Puebla. Sus demandas eran legítimas: jornadas de 8 horas, rechazo al trabajo infantil, seguridad social. Sin embargo, el gobierno respondió de la misma manera, enviando al ejército que inmediatamente reprimió el movimiento. La sangre verdaderamente llegó al río.

El Porfiriato acabó con las libertades públicas. En cierto sentido, una parte de la sociedad, la que sí podía elegir, la beneficiada por el régimen, fue corresponsable, ya que a cambio de "paz" para unos cuantos cedió sus derechos políticos; prefirió su estabilidad, que oponerse a los abusos del poder, a la injusticia, a la aplicación discrecional de la ley.

Todas estas contradicciones sociales desencadenaron una situación insostenible. Ya para 1908 una parte de los mexicanos tenía una conciencia cívica de crítica al régimen. Tras darse a conocer las declaraciones que don Porfirio había hecho al periodista estadounidense James Creelman, asegurando que México estaba preparado para la democracia y que vería con buenos ojos el surgimiento de partidos de oposición, la efervescencia política se apoderó de la República entera.

Don Porfirio trató de aparentar que estaba dispuesto a dejar la presidencia al terminar su periodo de gobierno en 1910 y retirarse a la vida privada. Esto desató una exaltación política sin precedentes.

Uno de los precandidatos más populares era Bernardo Reyes, estrecho colaborador de don Porfirio y gobernador de Nuevo León, quien tenía grandes posibilidades de competir por la presidencia con éxito. Sin embargo, no quiso entrar en conflicto con Porfirio Díaz y renunció a lanzar su candidatura, aceptando en cambio una comisión en Europa. Los reyistas se decepcionaron pero muchos de ellos encontraron salida a su frustración en la figura de otro candidato.

A finales de ese año, un empresario ranchero, originario de Parras, Coahuila, de nombre Francisco Ignacio Madero, concentró los disgustos de diversos grupos e inició la lucha con la publicación de su controvertido libro *La sucesión presidencial en 1910.* En esta obra criticaba a la dictadura porfirista y establecía la democracia como el medio para la igualdad social, además llamaba a respetar el voto y las instituciones para que México dejara atrás sus grandes diferencias sociales. A partir de ese momento, nada volvió a ser como antes: Madero inició su cruzada para recuperar las libertades públicas con la misma bandera enarbolada por Díaz décadas atrás: “no reelección”.

Con la paciencia y esperanza que lo caracterizaban, Madero recorrió pueblos y ciudades de toda la República, presidiendo la fundación de clubes antirreeleccionistas, arengando a la población a ejercer sus derechos políticos, exigiéndoles dejar “la fresca pero dañina sombra del árbol venenoso” como se refería al paternalismo de la dictadura. Nada lo detenía: ni las presiones del gobierno, ni los obstáculos impuestos por las autoridades locales ni las amenazas a su persona. Creía en la libertad de expresión como arma contra el autoritarismo y creía en el voto como la mejor arma de los ciudadanos para cambiar la situación del país.

En junio de 1910 don Porfirio ordenó detener la campaña electoral de Madero y dispuso su aprehensión y traslado a San Luis Potosí. El fraude electoral se consumó favoreciendo nuevamente a Porfirio Díaz. Mientras muchos maderistas se encontraban en diversas cárceles del país, el gobierno porfirista preparó fastuosamente el centenario de la Independencia de México como si nada sucediera.

En los primeros días de octubre, Madero escapó de San Luis Potosí, donde estaba preso, y huyó a Estados Unidos. Sin alternativas legales para protestar contra el fraude, presionado por sus colaboradores más cercanos, Madero optó por el camino de las armas.

Don Porfirio nunca quiso oír las voces que exigían democracia. Pensó que con el "pan" (todos los privilegios otorgados a la minoría que lo rodeaba) y el autoritarismo sería suficiente. Aunado a esto, el régimen envejecía a la par que su dueño. El promedio de edad de su gabinete y ministros estaba en los 70 años. El más joven era José Yves Limantour que tenía 56.

Conforme avanzaba la revolución, el movimiento se hacía más grande, pues los agravios porfirianos resurgían con fuerza.

El triunfo revolucionario llegó en mayo de 1911. Invadido por un fuerte dolor de muelas, don Porfirio recibió las noticias que daban cuenta de que la Revolución cundía por el país. Agotado, con ochenta años de edad, terminó por rendirse. Decidió no pelear más y firmar su renuncia. Su castigo fue la mayor condena que un general como él podía recibir: el exilio.

El 25 de mayo de 1911 el hombre que había llegado a la presidencia desde 1876, el caudillo necesario, entregó el poder. Al otro día en la madrugada, en medio de importantes medidas de seguridad, salió junto con su familia hacia el puerto de Veracruz donde lo esperaba un barco, el Ipiranga, que lo llevaría a Francia, donde años más tarde murió. Terminaba así una época: el fin del Porfiriato daba paso a la era de los caudillos revolucionarios.

"El México bronco resurgió furioso de las entrañas de la nación. Tocó las fibras más sensibles de la conciencia colectiva. Contra los agravios políticos la respuesta fue 'Sufragio efectivo, no reelección'; contra los agravios sociales el grito fue de 'Tierra y Libertad'. El reclamo era legítimo: 'Justicia y ley'. El instrumento justiciero no pudo ser más doloroso: la muerte."

Alejandro Rosas,
Porfirio Díaz.

Cronología

1876 Mayo 5. Porfirio Díaz es nombrado presidente constitucional del país.

1878 Abril 5. Se reforma la Constitución para prohibir la reelección inmediata.

Abril 9. E.U. reconoce al gobierno de México.

1879 Junio 23. Nace Emiliano Zapata, futuro líder agrario, en Anenecuilco, Morelos.

1880 Abril. Fallece la´primera esposa de Porfirio Díaz, Delfina Ortega.

Diciembre 1. Comienza la presidencia del general Manuel González.

1881 Noviembre 5. Con 51 años, Porfirio contrae matrimonio por segunda vez con una joven de 17 años, Carmen Romero Rubio y Castelló.

1884 Junio 2. Se funda el Banco Nacional de México.

Diciembre 1. Porfirio Díaz ocupa por segunda vez la presidencia del país.

1890 Enero 1. Entra en vigor el nuevo código de comercio.

Abril. Reforma constitucional que permite la reelección presidencial indefinidamente.

1895 José Y. Limantour, ministro de Hacienda, logra por primera vez en la historia de México un superávit en el erario.

1896 Nuevas elecciones. Cuarta reelección de Díaz.

Mayo 1. Para liberar el comercio se suprimen las alcabalas (impuestos que se pagaban por el comercio dentro del país).

1899 Se establece el alumbrado eléctrico en la capital de país.

1900 Quinta reelección de Díaz.

Se inaugura el gran canal del desagüe de la ciudad de México.

Comienza formalmente la explotación del petróleo en México.

1901 Termina la campaña contra los indios mayos luego de la victoria del gobierno en Chan Santa Cruz.

Los hermanos Flores Magón son aprehendidos por publicar artículos en contra de Díaz en *Regeneración.*

1902 Marzo 6. El presidente Díaz inaugura las obras de modernización del puerto de Veracruz.

1904 Sexta reelección de Díaz.

1906 Junio 1. Estalla la huelga de mineros en Cananea, Sonora: es reprimida violentamente.

Julio 1. Los Flores Magón lanzan el programa del PLM (Partido Liberal Mexicano).

1907 Enero 7. Huelga textil en Río Blanco, Veracruz, reprimida a sangre y fuego.

Se inaugura el ferrocarril de Tehuantepec, que unía el puerto de Salina Cruz en Oaxaca, con el de Coatzacoalcos en Veracruz.

1908 Febrero. El presidente Díaz declara, ante el periodista James Creelman, que México está preparado para la democracia y se retirará del poder en 1910.

1909 Se publica el libro de Francisco I. Madero, *La sucesión presidencial en 1910*, donde critica la dictadura porfirista.

Partido Antireeleccionista: "Sufragio efectivo, no reelección".

1910 Se reabre la Universidad Nacional de México.

Junio 6. Francisco I. Madero, candidato del Partido Antirreeleccionista, es aprehendido y llevado a San Luis Potosí. Porfirio Díaz gana las elecciones.

Septiembre. Se celebra en todo el país el centenario del inicio de la guerra de Independencia.

Noviembre 20. Madero anuncia, con el Plan de San Luis, el estallido la Revolución mexicana.

1911 Mayo 10. Los revolucionarios toman Ciudad Juárez.

Mayo 25. Porfirio Díaz renuncia a la presidencia del país.

Mayo 31. Porfirio Díaz parte rumbo a Europa al exilio.

Bibliografía

Arenas Guzmán, Diego (compilador), *50 retablos de vida porfiriana*, México, B. Costa-Amic, 1966.

Bulnes, Francisco, *Páginas escogidas*, México, UNAM, 1995.

Bulnes, Francisco, *El Verdadero Díaz y la Revolución*, México, Contenido, 1992.

Casasola, Gustavo, *Historia gráfica de la Revolución Mexicana*, tomo I, México, Archivo Casasola, 1954.

Contreras, Mario y Jesús Tamayo, *Antología. México en el siglo XX, 1900-1913. Textos y documentos*, tomo 1, México, UNAM, 1983, Lecturas universitarias núm. 22.

Cossío Villegas, Daniel, *El Porfiriato, la vida política exterior*, México, Clío, 1998.

Díaz, Porfirio, *Memorias* (dos tomos), México, Editorial Offset, 1983.

Garner, Paul, Porfirio Díaz. *Del héroe al dictador. Una biografía política*, México, Planeta, 2003.

Garrido, Felipe, *Se acaba el siglo, se acaba*, "El Nacional", 14 de septiembre de 1899, pág. 1, México, *Lecturas Mexicanas*, 2000.

Gomez–Galvarriato, Aurora y Mauricio Tenorio, *El Porfiriato*, México, FCE/CIDE, 2006.

Guzmán, Martín Luis, *Muertes históricas*, México, CONACULTA, 1990.

Krauze, Enrique, *Biografía del poder. Porfirio Díaz. Místico de la autoridad*, México, FCE, 1987.

Krauze, Enrique, *Porfirio* (seis tomos), México, Editorial Clío, 1994.

López Portillo y Rojas, José, *Elevación y caída de Porfirio Díaz*, México, Libería Española, s/f.

Madero, Francisco I., *La sucesión presidencial*, México, Clío, 1999.

Molina, Enríquez, Andrés, *Los grandes problemas nacionales 1909 y otros textos*, México, Era, 1978.

Pardo, Lara, Luis, *De Porfirio Díaz a Francisco I. Madero: la sucesión dictatorial de 1911*, México, INHERM, 1985.

Rabasa, Emilio, *La evolución histórica de México*, México, Porrúa, 1972.

Roeder, Ralph, *Hacia el México moderno: Porfirio Díaz*, México, FCE, 1973.

Rosas, Alejandro, *Porfirio Díaz*, México, Planeta Deagostini, 2002.

Santiago, Aníbal, *El nacimiento del periodismo deportivo en México (1882-1897)*, México, Tesis FCPyS UNAM, 2001.

Sierra, Justo, *Evolución política del pueblo mexicano*, México, UNAM, 1977.

Silva Herzog, Jesús, *Breve historia de la revolución mexicana*, tomo 1, México, FCE, 1988.

Tenorio Trillo, Mauricio, *Artilugio de la nación moderna. México en las exposiciones universales 1880-1930*, México, FCE, 1998.

Turner, Kenneth, *México Bárbaro*, México, Editores Mexicanos Unidos, 2000.

Valadés, José C., *El Porfirismo* (tres tomos), México, UNAM, 1987.

Vera Estañol, Jorge, *Historia de la revolución mexicana. Orígenes y resultados*. México, Porrúa, 1967.

El Porfiriato

terminó de imprimirse en 2019
en los talleres de Editorial Impresora Apolo, S. A. de C. V.
Centeno 150-6, colonia Granjas Esmeralda,
alcaldía Iztapalapa, 09810,
Ciudad de México.
Para su formación se utilizó la fuente Photina MT.